Anthony Trollope · Maleachis Bucht

Anthony Trollope

Maleachis Bucht

Illustriert von Roland Thalmann

ISBN 3-85717-173-1, 978-85717-173-4
*
Satz, Lithos und Druck: Zürichsee Druckerein AG,
8712 Stäfa

Illustrationen

Anthony Trollope (1815–1872)

Anthony Trollope – Autor von über 40 Romanen und Novellen – wurde am 24. April 1815 in London geboren. Der Vater, Thomas Anthony, war Anwalt, die Mutter Frances geb. Milton (1780–1863) eine bekannte Schriftstellerin. In den angesehensten Instituten von Harrow und Winchester erhielt der Knabe eine sorgfältige Erziehung. Doch Fehlspekulation des Vaters führte zum wirtschaftlichen Ruin der Trollope's und überschattete Anthonys Jugend. Mit Schreiben und Unterrichten konnte die Mutter die Familie durchbringen. Ein Studium blieb Anthony indessen versagt. 1834 fand er Arbeit als Postbeamter in London, von 1841 bis 1859 in Irland und von 1859 bis 1866 wieder in England.

1844 verheiratete sich Anthony Trollope mit der Bankiers-Tochter Rose Heseltine, die 1846 den Sohn Henry Merivale und im folgenden Jahr Frederick James Anthony gebar. Um sein Gehalt aufzubessern, betätigte sich der Postbeamte als Schriftsteller. Seine ersten Romane, die in Irland zur Zeit der Hungersnot 1846/47 spielten, wurden wenig beachtet. Den Durchbruch brachten erst die zwischen 1855 und 1867 verfassten sechs Barchester-Romane («Chronicles of Barset»). Sie schildern das Leben in einem fiktiven und darum umso realeren Domstädtchen im Süden Englands. Zentrale Gestalten sind die hier tätigen Geistlichen und in «Doctor Thorne» ein Landarzt.

Reisen, teils im Auftrag der Post, führten den Schriftsteller 1858 nach Ägypten und West Indien, 1861 und 1868 in die Vereinigten Staaten, 1872 nach Australien sowie Neuseeland, 1875 nach Ceylon und 1877 nach Südafrika. Eindrücke dieser Reisen fanden in Trollope's literarischem Schaffen ebenfalls ihren Niederschlag. So in den Veröffentlichungen «The West Indies and the Spanish Main» (1859), «An Unprotected Female at the Pyramids» (1859), «Australia and New Zealand» (1871–1873), «South Africa» (1877/78).

Anthony Trollope's Gesellschaftsromane zählten zu den viel gelesenen Büchern seiner Zeit. Nicht nur eine breite Thematik zeichnete sein Werk aus. Zum Erfolg führten auch die genaue Beobachtungsgabe, die nüchterne Schilderung ohne Pathos und ohne poetische Ausschmückungen sowie die humorvolle Ironie. Im viktorianischen Zeitalter galt Trollope als Autor des Bürgertums, doch ging der Lebensraum in seinen Romanen weit über diesen Rahmen hinaus. Besonders populär wurde die Romanserie um den Politiker Plantagenet Palliser, verfasst 1864 bis 1880.

Manche Werke sind Frauen gewidmet, drehen sich um deren Schicksal. Oft tragen die Erzählungen oder Bücher den Namen einer Frau bereits im Titel, so auch im Falle von «Malachi's Cove» («Maleachis Bucht»). Als weitere Beispiele seien erwähnt: «Mrs General Talboys» (1860), «Miss Ophelia Gledd» (1863), «Lotta Schmidt» (1866), «Lady Anna» (1871) und «Alice Dugdale» (1878).

Einige Werke wurden schon zu Lebzeiten des Schriftstellers in die deutsche Sprache übersetzt, andere später. Dazu zählen unter anderem: «Eine Liebe in Frankreich» (1850: «La Vendée»), «Septimus Harding, Spitalvorsteher» (1855: «The Warden»), «Die Türme von Barchester» (1856), «Doktor Thorne» (1858), «Nordamerika» (1862), «Miss Mackenzies Mut zu lieben. Die Geschichte einer alten Jungfer» (1865), «Der Premierminister» (1876), «Auge um Auge» (1879), «Cecilia» (1880: «Kept in the Dark»). Eine Bearbeitung und Übersetzung der Familienromane erschien 1977 unter dem Titel «Die Pallisers».

Anfang September 1864 schrieb Anthony Trollope die bewegende Kurzgeschichte «Malachi's Cove» und veröffentlichte sie im Dezember des selben Jahres. In Buchform lag die Erzählung im Sommer 1867 im Sammelband «Lotta Schmidt and Other Stories» vor. Und 1871 wurde sie nachgedruckt in «Tales of all Countries». Deutsche Übersetzungen kamen unter den Titeln: «Maleachis Bucht», «Malachis Bucht» und «Mallys Bucht» auf den Markt. Die dramatische Handlung wurde zudem 1973 in Grossbritannien und Kanada verfilmt und später nicht nur in den Kinos gezeigt, sondern auch als Fernsehsendung ausgestrahlt.

Anthony Trollope, dessen Werke heute zum grossen Teil vergessen sind, starb – nach Jahren der Depression und Zurückgezogenheit in Harting/Sussex – am 6. Dezember 1882 auf einer Party seines Schwagers in London. Die Frau und die beiden Söhne überlebten ihn und publizierten unter anderem dessen Autobiografie.

Peter Ziegler

Maleachis Bucht

An der Nordküste Cornwalls zwischen Tintagel und Bossiney dicht am Ufer des Meeres lebte vor noch nicht zu langer Zeit ein alter Mann, der seinen Unterhalt damit gewann, dass er Seetang aus den Wellen barg und ihn als Dünger verkaufte. Die Steilküste dort ist kühn und schön, und das Meer schlägt von Norden her mit grossartiger Wucht dagegen. Vielleicht ist es das schönste Stück Felsküstenlandschaft in ganz England, wenngleich es hinter vielen Stellen in Wales und Schottland zurücksteht. Eine Steilküste sollte fast senkrecht abfallen, in ihren Umrissen gebrochen sein und kaum hier und da einen unsicheren Weg von der Höhe nach dem Sand unten zulassen. Das Meer muss, wenn nicht an sie heran, so doch mindestens sehr nahe an sie herankommen, und vor allem muss das Wasser unter ihr blau sein und nicht von jener stumpfen, bleiernen Farbe, die wir in England nur zu gut kennen. In Tintagel sind alle diese Voraussetzungen vorhanden, auch die leuchtende blaue Farbe, die so schön ist. Die Felsen selbst sind kühn und zackig, und während der Flut ist nur ein schmaler Sandstreifen da – so schmal, dass man bei Springfluten dort kaum Fuss fassen kann.

Dicht an diesem Sandstreifen lag die Hütte Maleachi Trenglos', des alten Mannes, von dem ich sprach. Aber Maleachi, oder der alte Glos, wie er gewöhnlich von den Leuten dort herum genannt wurde, hatte sein Haus nicht ganz auf Sand gebaut. Es war da ein Felsspalt, der so breit war, dass er oben eine enge Schlucht bildete, und so tief, dass sich ein steiler und steiniger Pfad von der Höhe des Felsens nach unten schaffen liess. Der

Spalt war unten weit genug, um Trenglos Raum für seine Wohnung zu bieten, die er auf dem Felsgrund errichtet hatte, und hier hatte er viele Jahre gelebt. Man erzählte sich, er hätte sein Handwerk damit begonnen, dass er den Tang in einem Korb auf seinem Rücken nach oben getragen hätte, aber später besass er einen Esel, der so abgerichtet war, dass er den steilen Pfad mit einem einzigen Packkorb auf dem Rücken auf und ab ging, denn die Felsen erlaubten es nicht, dass Körbe zu beiden Seiten herunterhingen; und für diesen Gehilfen hatte er einen Stall gebaut, der an seine eigene Hütte grenzte und fast so gross war wie sie.

Aber als all die Jahre dahingingen, verschaffte sich der alte Glos noch andere Hilfe als die seines Esels, oder ich sollte besser sagen, die Vorsehung verschaffte sie ihm; und wenn das nicht so gewesen wäre, hätte der alte Mann seine Hütte und seine Unabhängigkeit aufgeben und in das Armenhaus von Camelford ziehen müssen. Denn das Rheuma plagte ihn, und das Alter hatte ihn tief gebeugt, und allmählich konnte er den Esel nicht mehr auf seiner Reise in die Welt hinauf begleiten oder auch nur helfen, den begehrten Tang aus den Wellen zu bergen.

Zu der Zeit, in der unsere Geschichte spielt, war Trenglos schon zwölf Monate lang nicht den Felsen hinaufgekommen, und in den letzten sechs Monaten hatte er nichts getan, um sein Geschäft voranzubringen, ausser das Geld in Empfang zu nehmen und aufzubewahren, falls etwas davon aufbewahrt wurde, und gelegentlich dem Esel ein Bündel Futter hinzuschütten. Die eigentliche Arbeit des Geschäfts wurde ganz allein von Mahala Trenglos, seiner Enkelin, geleistet.

Mally Trenglos kannte jeder Bauer dort an der See und jeder Krämer in Camelford. Sie war ein wild aussehendes, fast unirdisches Geschöpf mit wehendem, schwarzem, ungekämmtem Haar, klein von Wuchs, mit kleinen Händen und glänzenden, schwarzen Augen; doch erzählten sich die Leute, sie wäre sehr stark, und die Kinder dort herum behaupteten, sie arbeite Tag und Nacht und kenne keine Müdigkeit. Über ihr Alter herrschten sehr verschiedene Meinungen. Manche sagten, sie wäre zehn Jahre alt, und andere fünfundzwanzig, aber der Leser darf wissen, dass sie damals ihren zwanzigsten Geburtstag hinter sich hatte. Die alten Leute sprachen gut von Mally, weil sie so gut zu ihrem Grossvater war; und man sagte, dass sie, obgleich sie ihm fast täglich ein wenig Schnaps und Tabak brachte, doch nichts für sich selbst kaufte – und was den Schnaps betrifft, so konnte ihr keiner, der sie auch nur anschaute, den Vorwurf machen, dass sie sich damit befasste. Aber sie hatte keine Freunde und nur wenig Bekannte unter Gleichaltrigen; die sagten, sie wäre wild und bösartig, hätte kein gutes Wort für irgendeinen und wäre überhaupt in jeder Hinsicht eine böse Sieben. Die jungen Männer machten sich nichts aus ihr; denn was die Kleidung anbelangt, so ging sie einen Tag wie den anderen. Sie machte sich sonntags nie hübsch. Meistens ging sie ohne Strümpfe und schien sich gar nicht zu bemühen, jene weiblichen Reize zur Geltung zu bringen, die sie besessen hätte, wenn sie nur wollte. Für sie waren alle Tage gleich in der Kleidung und bis vor kurzem, wie ich fürchte, auch noch in anderer Hinsicht. Man hatte den alten

Maleachi niemals in einem Gotteshaus gesehen seit der Zeit, wo er an der Felsküste wohnte.

Aber die letzten beiden Jahre hatte sich Mally den Unterricht des Geistlichen von Tintagel gefallen lassen und erschien sonntags in der Kirche, wenn nicht vollkommen pünktlich, so doch auf jeden Fall oft genug, dass keiner, der ihren seltsamen Aufenthaltsort kannte, mit ihr deswegen gerechnet hätte. Aber sie zog sich nicht anders an für diese Gelegenheiten. Sie setzte sich auf eine niedrige Steinbank in der Nähe der Kirchentür, wie gewöhnlich in ihren dicken roten Sergerock und die lose braune Sergejacke gekleidet, die ihr für ihre schwere und gefährliche Arbeit im Wasser am besten geeignet erschien. Als ihr der Geistliche Vorwürfe wegen ihres schlechten Gottesdienstbesuchs gemacht hatte, wendete sie nachdrücklich dagegen ein, sie besässe kein Kirchgangsgewand. Er hatte ihr erklärt, dass man sie dort ohne Ansehen der Kleidung empfangen würde. Mally nahm ihn beim Wort und war mit einem Mut gegangen, der zweifellos Bewunderung verdiente, obgleich ich fürchte, dass er auch mit einem guten Teil Hartnäckigkeit war, die weniger bewundernswert ist.

Denn die Leute sagten, der alte Glos wäre reich, und Mally hätte ordentliche Kleider haben können, wenn sie nur gewollt hätte. Herr Polwarth, der Geistliche, der, da der alte Mann nicht zu ihm kommen konnte, die Felsen hinab zu dem alten Manne ging, machte in der Angelegenheit einige Andeutungen, als Mally nicht dabei war. Aber Glos, der in anderen Dingen mit ihm Geduld gehabt hatte, wandte sich so wütend gegen ihn, als er vom Gelde anfing, dass Herr Polwarth die Sache auf sich beruhen lassen musste, und Mally blieb weiter auf ihrer Steinbank in ihrem kurzen Sergerock sitzen, und ihr langes Haar fiel ihr übers Gesicht. Sie brachte dem Anstand bei solchen Gelegenheiten insofern ein Opfer, dass sie ihr Haar hinten mit einem alten Schnürsenkel zusammenband. So blieb es dann den Montag und Dienstag über, aber spätestens am Mittwochnachmittag war es Mallys Haar im allgemeinen gelungen, sich zu befreien.

Über Mallys unermüdlichen Fleiss konnte es keinen Zweifel geben, denn es war erstaunlich, welche Masse Seetang sie und der Esel gemeinsam zusammenbrachten. Der alte Glos, so behauptete man, hätte niemals auch nur halb soviel geschafft wie Mally; aber dann war die Ware billiger geworden, und es war notwendig, sich mehr anzustrengen. So plackten sich Mally und der Esel und plackten sich, und der Seetang kam in solchen Haufen nach oben, dass es diejenigen, welche ihre kleinen Hände und ihre leichte Gestalt sahen, in Erstaunen setzte. Half ihr da keiner nachts, keine Elfe, kein Dämon oder dergleichen? Mally war so schnippisch in ihren Antworten, dass sie sich nicht wundern durfte, wenn die Leute boshafte Dinge von ihr erzählten.

Keiner hatte Mally jemals über ihre Arbeit klagen hören, wohl aber hörte man um diese Zeit, wie sie sich heftig und laut über die Behandlung beklagte, die ihr von ihren Nachbarn zuteil wurde. Man wusste, dass sie sich mit ihren Beschwerden an Herrn Polwarth wandte, und da er ihr nicht helfen konnte oder ihr nicht die sofortige Hilfe zukommen liess, die sie brauchte, ging

sie – törichterweise! – zu dem Büro eines gewissen Anwalts in Camelford, der ihr wahrscheinlich kein besserer Freund sein würde als Herr Polwarth.

Das ihr zugefügte Unrecht aber war folgender Art: Der Ort, wo sie den Seetang sammelte, war eine kleine Bucht; die Leute hatten sich daran gewöhnt, sie Maleachis Bucht zu nennen nach dem alten Mann, der dort wohnte – und sie war so gebildet, dass man die See nur durch den Pfad erreichen konnte, der von oben nach Trenglos' Hütte führte. Die Breite der Bucht betrug zur Ebbezeit etwa zweihundert Ellen, und auf beiden Seiten erstreckten sich die Felsen so, dass Trenglos' Bereich von Norden und von Süden her gegen Eindringlinge geschützt war. Und dieser Ort war für seinen Zweck gut gewählt. Das Meer kam so stürmisch in die Bucht herein, dass es grosse, treibende Mengen Seetang mitbrachte und zwischen den Felsen liess, wenn die Flut zurückwich. Während der Äquinoktialstürme im Frühling und Herbst blieben diese Mengen nie aus, und immer, wenn die See ruhig war, konnten die langen, weichen salzbetauten, schleppenden Tangmassen hier gesammelt werden, wenn sie anderswo auf Meilen hin nicht an der Küste gefunden wurden. Die Aufgabe, den Tang aus der Brandung zu holen, war oft schwierig und gefährlich – so schwierig, dass viel übrigblieb, was die nächste Flut wieder wegspülte.

Zweifellos sammelte Mally nicht die Hälfte der Ernte, die zu ihren Füssen lag. Was von den zurückflutenden Wellen genommen wurde, bedauerte sie nicht; aber als Eindringlinge in die Bucht kamen und ihren Reichtum holten – ihres Grossvaters Reichtum –, da brach es ihr das Herz. Diese Störenfriede waren es, die die arme Mally zu dem Camelforder Anwalt trieben. Aber wenn der Camelforder Anwalt auch Mallys Geld nahm, so konnte er doch nichts für sie tun, und das brach ihr das Herz.

Sie glaubte und wurde darin zweifellos von ihrem Grossvater bestärkt, dass zumindest der Pfad nach der Bucht ihr Eigentum wäre. Wenn man ihr sagte, die Bucht und das Meer, das in die Bucht floss, wären nicht der Grundbesitz ihres Grossvaters, so sah sie ein, dass diese Feststellung stimmen konnte. Aber wie stand es mit der Benutzung des Pfades? Wer hatte den Pfad zu dem gemacht, was er war? Hatte sie nicht in mühseliger, aufreibender Arbeit Felsstücke mit ihren eigenen kleinen Händen nach oben getragen, damit der Esel ihres Grossvaters Fuss fassen konnte? Hatte sie nicht überall auf den Felsen Erdkrumen zusammengekratzt, um dem Tier den holprigen Weg zu erleichtern? Und wenn sie jetzt die Jungen der grossen Bauern sah, die mit anderen Eseln herunterkamen – und einer kam sogar mit einem Pony, kein Kind mehr, sondern ein junger Mann, der alt genug war, um zu wissen, dass man einen armen Greis und ein junges Mädchen nicht beraubte –, schimpfte sie auf die ganze menschliche Rasse und schwor, dass der Anwalt in Camelford ein Narr sei.

Irgendwelche Versuche, ihr klarzumachen, dass immer noch genügend Tang für sie übrigblieb, nützten weniger als nichts. Gehörte nicht alles ihr und ihm, oder war nicht zumindest der ganze Weg dazu ihrer?

Hinderte und beeinträchtigte man sie etwa nicht an ihrem Erwerb? Hatte man sie nicht gezwungen, ihren beladenen Esel zurückzutreiben – zwanzig Ellen, wie sie sagte, doch in Wirklichkeit waren es nur fünf gewesen –, weil Bauer Gunliffes Sohn mit seinem diebischen Pony im Wege war? Bauer Gunliffe hatte seinen eigenen Preis für ihren Tang zahlen wollen, und weil sie das abgelehnt hatte, stellte er seinen diebischen Sohn an, damit er sie auf niederträchtige Weise zugrunde richtete.

«Ich werde das Biest erwürgen, wenn er das nächste Mal hier herunterkommt!» sagte Mally zu dem alten Glos, und aus ihren Augen flammten buchstäblich wütende Blitze.

Bauer Gunliffes kleines Gut – er hatte ungefähr fünfzig Acker Land – lag in der Nähe des Dorfes Tintagel und nicht eine Meile von der Küste entfernt. Das Seewrack, wie sie es nennen, war so ziemlich die einzige erreichbare Düngung, und zweifellos empfand er als hart, dass er durch Mally Trenglos und ihre Widerspenstigkeit daran gehindert werden sollte, es zu benützen.

«Es gibt genug andere Buchten», sagte Mally zu Barty Gunliffe, dem Sohn des Bauern.

«Aber keine liegt so hoch, Mally, und keine füllt sich wie diese.»

Dann erklärte er ihr, dass er nicht den Tang nehmen würde, der dicht herankäme. Er wäre grösser als sie und stärker und wollte es von den äusseren Felsen holen, mit denen sie sich nie abgab. Da schwor sie mit Hohn in den Augen, dass sie es dort holen könnte, wo er sich nie hingetrauen würde, und wiederholte ihre Drohung, das Pony zu erwürgen. Barty lachte über ihren Zorn, verspottete sie wegen ihres wilden Haars und nannte sie eine Wassernixe.

«Ich werde dich lehren, was eine Wassernixe ist!» schrie sie. «Eine Wassernixe, jawohl! Wenn ich ein Mann wäre,

würde ich nicht herkommen und ein armes Mädchen und einen alten Krüppel berauben. Aber du bist kein Mann, Barty Gunliffe! Nicht einmal ein halber!»

Nichtsdestoweniger war Bartholomäus Gunliffe ein sehr stattlicher junger Bursche, was das Äussere betraf. Er war ungefähr ein Meter siebzig gross, hatte starke Arme und Beine, lockiges, hellbraunes Haar und blaue Augen. Und wenn auch sein Vater nur ein kleiner Bauer war, so stand er dennoch bei den Mädchen in der Gegend in gutem Ansehen. Alle hatten Barty gern – ausser Mally Trenglos, und die hasste ihn wie die Pest.

Als man Barty fragte, warum ein so gutmütiger Bursche wie er ein armes Mädchen und einen alten Mann verfolge, berief er sich auf die Gerechtigkeit der Sache. Seiner Meinung nach ginge es nicht an, dass eine Einzelperson das für sich beanspruchte, was der Allmächtige ihnen als gemeinsames Eigentum schickte. Er würde Mally keinen Schaden zufügen und hatte ihr das gesagt. Aber Mally war eine böse Sieben – eine böse, kleine Sieben, und man musste ihr beibringen, ihre Zunge im Zaume zu halten. Würde Mally erst einmal höflich mit ihm reden, wenn er nach dem Tang ging, dann wolle er seinen Vater dazu bringen, dass er dem alten Mann eine Art Zoll für die Benutzung des Weges zahlte.

«Höflich mit ihm reden!» sagte Mally. «Niemals! Nicht solange ich eine Zunge im Munde habe!» Und ich fürchte, der alte Glos bestärkte sie eher in ihrer Ansicht der Dinge, als dass er zum Guten redete.

Aber ihr Grossvater ermutigte sie nicht, das Pony zu erwürgen. Ein Pony erwürgen wäre eine ernsthafte Sache, und der alte Glos meinte, es könne sehr unangenehm für sie beide werden, falls man Mally ins Gefängnis steckte. Er schlug daher vor, dem Pony allerhand Hindernisse vor die Füsse zu legen, wobei er annahm, dass der gut abgerichtete Esel trotz alldem arbeiten könne. Und als Barty Gunliffe das nächste Mal nach unten stieg, fand er den Pfad in der Nähe von Maleachis Hütte tatsächlich sehr beschwerlich, aber er bahnte sich seinen Weg nach unten, und die arme Mally sah, wie die Felsstücke, mit denen sie sich geschunden hatte, mit einer beharrlichen Böswilligkeit ihr gegenüber zur Seite geschoben oder aus dem Wege geräumt wurden, die sie fast verrückt machte.

«Du bist ein netter Junge, Barty», sagte der alte Glos, der in der Tür seiner Hütte sass und den Eindringling beobachtete.

«Ich tue niemand nichts Schlechtes, der mir nichts Schlechtes tut», sagte Barty. «Die See steht allen frei, Maleachi.»

«Und der Himmel steht auch allen frei, aber ich darf nicht auf das Dach eurer grossen Scheune klettern, um ihn mir anzusehen», sagte Mally, die mit einem Haken in der Hand zwischen den Felsen stand. Der lange Haken war das Werkzeug, mit dem sie arbeitete und den Tang aus den Wellen zog. «Aber du hast keinen Gerechtigkeitssinn und überhaupt kein bisschen Gefühl, sonst würdest du nicht hierherkommen, um einen alten Mann wie ihn zu ärgern.»

«Ich will ihn nicht ärgern und dich auch nicht, Mally. Lass mich eine Weile gehen, und wir werden noch Freunde sein.»

«Freunde!» rief Mally aus. «Wer möchte deinesgleichen zum Freund haben? Wozu schiebst du diese Steine weg? Die Steine gehören meinem Grossvater.» Und in ihrer Wut machte sie eine Bewegung, als ob sie sich auf ihn stürzen wollte.

«Lass ihn in Ruhe, Mally», sagte der alte Mann. «Lass ihn. Er wird schon seine Strafe wegkriegen. Er wird eines Tages ertrinken, wenn er hier herunterkommt und der Wind in der Bucht liegt.»

«Also hoffen wir, dass er ertrinkt», sagte Mally in ihrer Wut. «Wenn er in dem grossen Loch zwischen den Felsen wäre und die See zur Halbflutzeit hereinkäme, würde ich keinen Finger rühren, ihm zu helfen.»

«Doch, das würdest du, Mally; du würdest mich mit deinem Haken herausfischen wie ein grosses Stück Seetang.»

Sie kehrte sich voller Verachtung von ihm ab, als er das sagte, und ging in die Hütte hinein. Es war Zeit für sie, sich für die Arbeit fertigzumachen, und an dem Unrecht, das man ihr zugefügt hatte, empfand sie als besonders hart, dass so einer wie Barty Gunliffe kommen musste, um ihr bei ihrer Plackerei in der Brandung zuzuschauen.

Es war ein Aprilnachmittag kurz nach vier Uhr. Ein heftiger Wind hatte den ganzen Morgen von Nordwest geweht und Regenschauer gebracht, die Seemöwen waren den ganzen Tag in der Bucht ein- und ausgeflogen, was für Mally ein sicheres Zeichen war, dass die Flut die Felsen mit Tang bedecken würde. Die schnellen Wellen kamen jetzt wunderbar rasch über die niedrigen Felsenriffe, und die Zeit war da, den Schatz zu packen, wenn man ihn an diesem Tage überhaupt aufspeichern wollte. Gegen sieben Uhr würde es dunkel werden, gegen neun

Uhr Hochflut sein, und noch ehe der Morgen kam, war die Ernte wieder herausgespült, falls man sie nicht vorher sammelte. All dies verstand Mally sehr gut, und Barty fing gerade an, einiges davon zu verstehen.

Als Mally barfuss herunterkam, den langen Haken in der Hand, sah sie, wie Bartys Pony geduldig auf dem Sand stand, und ihr Herz brannte danach, das Vieh anzugreifen. Barty stand in diesem Augenblick mit einer gewöhnlichen dreizinkigen Gabel unten auf einem grossen Felsen und blickte nach dem Meer. Er hatte erklärt, er würde den Tang nur an Stellen sammeln, die für Mally unerreichbar wären und er hielt nach einem Platz Ausschau, wo er beginnen könnte.

«Lass es in Ruhe, lass es in Ruhe», rief der alte Mann, als er sah, wie sie sich dem Tier näherte, das sie fast so sehr hasste wie den Mann.

Als sie die Stimme des Grossvaters durch den Wind hörte, liess sie von ihrem Vorsatz ab, falls sie überhaupt einen Vorsatz gehabt hatte, und machte sich an die Arbeit. Sie stieg in die Bucht hinab und kletterte zwischen den Felsen herum, während Barty immer noch auf seinem Posten stand; draussen schäumten die weissgekräuselten Wellen und brachen sich heftig, und der Wind heulte in den Höhlen und zwischen den Pfeilern der Felsküste.

Ab und zu klatschte ein Regenguss herab, und wenn auch noch genügend Licht war, bedeckten doch schwarze Wolken den Himmel. Ein schöneres Bild konnte einer, der die Herrlichkeiten der Küste liebte, kaum finden. Das Licht war für diese Landschaft vollkommen. Nichts konnte die Pracht der Farben übertreffen – die Bläue des offenen Meeres, das Weiss der sich brechenden Wellen, den gelben Sand und die satten roten und braunen Streifen der Felsen.

Aber weder Mally noch Barty dachten an derartige Dinge. Sie dachten auch kaum in der gewohnten Weise an ihr Geschäft. Barty überlegte, wie er am besten sein Ziel erreichen könnte, ausserhalb Mallys weiblichem Machtbereich zu arbeiten, und Mally beschloss, auf jeden Fall weiter hinauszugehen als Barty, ganz gleich, wohin er sich wenden würde.

Und in dieser Hinsicht war Mally überlegen. Sie kannte jeden Stein dort und wusste genau, wo sie fest auftreten konnte und wo nicht. Und dann hatte sie durch Übung die Tätigkeit, der sie sich widmete, vollkommen beherrschen gelernt. Barty war zweifellos der stärkere und genau so rührig. Aber Barty konnte nicht zwischen den Wellen von einem Stein zum anderen springen wie sie, und er verstand noch nicht, sich bei seiner Arbeit die Kraft des Wassers zunutze zu machen, wie Mally das gelernt hatte. Sie hatte in dieser Bucht nach Seetang gejagt, als sie noch ein kleiner Knirps von sechs Jahren war, und sie kannte jedes Loch und jede Ecke und jede vorteilhafte Stelle. Die Wellen waren ihre Freunde, die sie sich dienstbar zu machen verstand. Sie konnte ihre Stärke berechnen und wusste, wann und wo jede einzelne aufhören würde.

Mally war gross unten in den Salzpfannen ihrer eigenen Bucht – gross und sehr furchtlos. Während sie beobachtete, wie Barty seinen Weg von Fels zu Fels weiternahm, sagte sie sich vergnügt, dass er falsch ging. Der Wind, der in die Bucht wehte, lag so, dass er den Tang nicht nach den nördlichen Pfeilern tragen würde; und dann war das grosse Loch gerade dort – das grosse

Loch, von dem sie gesprochen hatte, als sie ihm Böses wünschte.

Und jetzt machte sie sich an die Arbeit und kämmte das verworrene Haar des Ozeans aus und landete manche Last an dem äussersten Rande des Sandes, von wo sie am Abend hereingezogen werden konnte, ehe die zurückkehrende Flut kam, um ihre Beute zurückzufordern.

Und auf der anderen Seite baute auch Barty seinen Haufen auf, dort, wo die nördlichen Pfeiler waren, die ich schon erwähnt habe. Bartys Haufen wurde gross und grösser, so dass er wusste, er würde an diesem Abend nicht alles nach oben bringen, wenn das Pony auch noch so sehr arbeitete. Aber er war immer noch nicht so hoch wie Mallys Haufen. Mallys Haken war besser als seine Gabel, und Mallys Geschick vermochte mehr als seine Stärke. Und wenn ihm einmal das Herausziehen nicht gelang, dann höhnte ihm Mally mit einem wilden, unheimlichen Gelächter und schrie durch den Wind hindurch, er wäre noch kein halber Mann. Zuerst antwortete er ihr lachend, aber als sie sich ihrer Leistung rühmte und auf seinen Misserfolg hinwies, wurde er bald wütend und sagte nichts mehr. Er ärgerte sich über sich selbst, dass ihm soviel von der Beute entging.

Die Brandung war voll des langen wuchernden Gewächses, das die Wellen von dem Boden des Meeres gerissen hatten, aber die Massen wurden an ihm vorüber oder weg von ihm getragen, ja, ein- oder zweimal über ihn hin, und dann klang ihm Mallys unheimliche Stimme in den Ohren, die ihn verspottete. Die Finsternis zwischen den Felsen wurde jetzt immer dichter, die Flut schlug mit wachsender Stärke herein, und die

Windstösse kamen schneller und heftiger. Aber immer noch arbeitete er weiter. Solange Mally arbeitete, wollte er auch arbeiten und noch eine Weile darüber hinaus, wenn es sie weggetrieben hatte. Er liess sich nicht von einem Mädchen schlagen.

Das grosse Loch war jetzt voll Wasser, das wie in einem Topf zu kochen schien. Und der Topf war voll treibender Massen – kostbaren Seetangs, der an der Oberfläche hin und her geworfen wurde und so dicht lag, dass es fast schien, man hätte darauf ruhen können, ohne zu versinken.

Mally wusste sehr wohl, wie sinnlos es war, irgend etwas aus der Wut dieses kochenden Kessels zu bergen. Das Loch ging hinein unter die Felsen, und die der Küste zugewandte Seite war hoch, schlüpfrig und steil. Selbst zur Ebbezeit war der Kessel nie leer, und Mally glaubte, dass ihm der Boden fehle. Fische, die man dort hineinwarf, entkamen in den Ozean, meilenweit weg – wie Mally in ihren sanfteren Stimmungen Besuchern der Bucht erzählte. Sie kannte das Loch gut, Poulnadioul nannte sie es, was übersetzt heissen sollte, dass dies das Loch des Teufels sei. Niemals versuchte Mally, sich Tang zu holen, der seinen Weg in dieses Loch gefunden hatte.

Aber Barty Gunliffe verstand davon nichts, und sie beobachtete ihn, wie er versuchte, auf dem verräterischen schlüpfrigen Rand des Kessels festen Halt zu gewinnen. Er nahm dort seinen Platz und angelte mit geringem Erfolg etwas heraus. Wie er es überhaupt fertigbrachte, konnte sie kaum begreifen, als sie eine zeitlang dastand und ihm besorgt zuschaute, und dann sah sie ihn rutschen. Er rutschte und gewann das Gleichgewicht zurück – rutschte noch einmal und stand wieder fest.

«Barty, du Narr», schrie sie, «wenn du erst einmal dort hineingerätst, wirst du nie wieder herauskommen.»

Ob sie ihn einfach einschüchtern wollte oder ob ihr Herz Erbarmen fühlte und sie mit Schrecken an seine Gefahr dachte? Wer kann das sagen? Sie hätte es selbst nicht gekonnt. Sie hasste ihn genauso wie immer – aber sie konnte kaum wünschen, ihn vor ihren Augen ertrinken zu sehen.

«Kümmere dich um deine Sachen und nicht um mich», sagte er in einem heiseren, wütenden Ton.

«Mich um dich kümmern! – Wer kümmert sich um dich?» gab das Mädchen zurück. Und dann wollte sie wieder an ihre Arbeit gehen.

Aber als sie die Felsen hinunterstieg und dabei den langen Haken in den Händen balancierte, hörte sie plötzlich ein Klatschen, und als sie sich rasch umdrehte, sah sie den Körper ihres Feindes inmitten der brodelnden Wogen des Topfes. Die Flut war jetzt so hoch gestiegen, dass eine Welle nach der anderen von der Seeseite her in ihn hinein- und darüber hinwegspülte, ehe sie wieder tosend wie ein Wasserfall die Felsen hinabrollte. Und wenn dann das überflüssige Wasser für einen Augenblick zurückwich, war die Oberfläche des Topfes stellenweise ruhig, obgleich die schäumenden Blasen immer noch auf und ab kochten und es an der Oberfläche brodelte, als ob der Kessel tatsächlich geheizt wäre. Aber diese Zeit der verhältnismässigen Ruhe dauerte nur einen Augenblick, denn die folgende Sturzwelle war schon fast heran, sobald der Gischt der vorhergehenden verschwunden war, und dann klatschte das Wasser von neuem auf die Felsen, und die Bucht hallte wider von dem Getöse der wütenden Wogen.

Augenblicklich eilte Mally am Rande des Topfes entlang, kroch, weil es sicherer war, auf Händen und Knien. Als eine Woge zurückflutete, kam ihr Bartys Kopf und Gesicht ganz nah, und sie konnte sehen, dass seine Stirn mit Blut bedeckt war. Ob er lebte oder tot war, wusste sie nicht. Sie hatte nichts weiter gesehen als sein Blut und sein helles Haar inmitten des Gischts. Dann wurde der Körper wieder durch die Saugkraft der weichenden Welle fortgezogen; aber diesmal entkam nicht so viel Wasser, dass es einen Mann hätte mit hinausnehmen können.

Augenblicklich war Mally mit ihrem Haken bei der Arbeit, und als er in Bartys Jacke befestigt war, zog sie den Körper nach der Stelle zu, wo sie kniete. Während der halben Minute, in der Ruhe herrschte, bekam sie ihn so dicht heran, dass sie seine Schulter berühren konnte. Sie dehnte sich aus, legte sich über den langen, gekrümmten Griff des Hakens und bemühte sich, ihn mit der rechten Hand zu fassen. Aber es gelang ihr nicht, sie konnte ihn nur berühren.

Dann kam die nächste Sturzwelle und brach sich tosend ihren Weg; für Mally sah es so aus, als ob es sie bestimmt von der Stelle, wo sie lag, herunterschlagen musste und für sie beide das Ende gekommen war. Doch für sie gab es nichts weiter zu tun als zu knien und ihren Haken zu halten.

Wer vermag zu sagen, welches Gebet in diesem Augenblick in ihrer Seele aufstieg – für sich selbst oder für ihn oder für den alten Mann, der ahnungslos vor seiner Hütte sass? Die grosse Welle kam und brauste über die fast ganz Ausgestreckte hinweg, und als das Wasser aus ihren Augen und der aufrührerische Gischt und die heftig tobende Sturzwelle an ihr vorüber waren, lag sie selbst der Länge nach auf dem Felsen, während sein Körper emporgehoben war, sich von dem Haken befreit hatte und jetzt auf dem schlüpfrigen Felsenriff ruhte, halb im Wasser und halb ausserhalb. Als sie ihn in diesem Augenblick anschaute, konnte sie sehen, dass seine Augen offen waren und seine Hände sich abmühten.

«Halt dich an dem Haken fest, Barty», schrie sie und stiess ihm den Stock davon zu, während sie den Kragen seiner Jacke zu fassen bekam.

Wäre er ihr Bruder, ihr Liebhaber, ihr Vater gewesen, sie hätte ihn nicht mit mehr Kraft, der Kraft der Verzweiflung, halten können. Es gelang ihm, den Stock zu fassen, den sie ihm gereicht hatte, und als die darauffolgende Welle vorüber war, lag er immer noch auf dem Felsenriff. Im nächsten Augenblick sass sie ein oder zwei Ellen über dem Loch verhältnismässig sicher, und Barty lag auf dem Felsen, den immer noch blutenden Kopf auf ihrem Schoss.

Was konnte sie jetzt tun? Sie konnte ihn nicht tragen, und in fünfzehn Minuten würde die Flut hier sein, wo sie sass. Er war vollkommen bewusstlos und sehr bleich, und das Blut kam langsam – sehr langsam – aus der Wunde auf seiner Stirn. Sanft legte sie ihre Hand auf sein Haar, um es ihm aus dem Gesicht zu streichen, und dann beugte sie sich über seinen Mund, um zu sehen, ob er atmete, und als sie ihn ansah, wusste sie, dass er schön war.

Was würde sie geben, um ihn am Leben zu erhalten? Nichts war ihr jetzt so kostbar wie sein Leben – dieses Leben, welches sie bis hierher aus dem Meer gerettet hatte. Aber was konnte sie tun? Ihr Grossvater würde es kaum fertigbringen, über die Felsen nach unten zu steigen, wenn es ihm überhaupt gelang. Würde sie den verwundeten Mann, wenn auch nur ein paar Fuss weit, zurückziehen können, so dass er ausserhalb der Reichweite der Wellen lag, bis sie weitere Hilfe geholt hatte?

Sie machte sich an die Arbeit und bewegte ihn, fast hob sie ihn. Und als sie das tat, wunderte sie sich über ihre eigene Kraft; sie war sehr stark in diesem Augenblick, sie fiel selbst auf die Felsen, damit er auf sie fallen konnte, und so – langsam und besorgt – holte sie ihn zu dem Sandstreifen zurück an eine Stelle, die das Wasser während der nächsten zwei Stunden nicht erreichen würde.

Hier traf sie auf ihren Grossvater, der schliesslich von der Tür aus gesehen hatte, was geschehen war.

«Vater», sagte sie, «er stürzte dort in den Kessel und wurde gegen die Felsen geschlagen. Sieh dir seine Stirn an...»

«Mally, ich glaube, er ist schon tot», sagte der alte Mann, der auf den Körper hinunterschaute.

«Nein, Vater, er ist nicht tot; aber kann sein, dass er stirbt. Ich werde gleich zu dem Gut hinauflaufen.»

«Mally», sagte der alte Mann, «sieh dir den Kopf an. Sie werden sagen, wir haben ihn ermordet.»

«Wer wird das sagen? Wer wird so lügen? Habe ich ihn nicht aus dem Loch gezogen?»

«Was zählt das schon? Sein Vater wird sagen, dass wir ihn getötet haben.»

Mally wusste, was sie jetzt zu tun hatte, einerlei, was später die Leute redeten. Sie musste den Pfad zu Gunliffes Gut hinaufrennen und die notwendige Hilfe holen. War die Welt wirklich so schlecht, wie ihr Grossvater glaubte, dann würde ihr nichts daran liegen, länger zu leben. Aber wie dem auch sein mochte, es bestand kein Zweifel darüber, was sie jetzt zu tun hatte.

So schnell ihre nackten Beine sie trugen, lief sie den Felsen hinan. Als sie oben war, schaute sie sich um, ob irgend jemand in Sicht wäre, aber keiner war da. So rannte sie in höchster Geschwindigkeit an dem Kornfeld entlang nach dem Haus des alten Gunliffe, und als sie sich dem Gut näherte, sah sie Bartys Mutter, die an dem Tor lehnte. Sie versuchte zu rufen, aber sie war so ausser Atem, dass ihr die Stimme versagte, und so lief sie weiter, bis sie Frau Gunliffe am Arm packen konnte.

«Wo ist er selber?» sagte sie und hielt die Hand auf das klopfende Herz, damit der Atem reichte.

«Wen meinst du?» sagte Frau Gunliffe, die an dem Familienzwist mit dem alten Trenglos und seiner Enkelin teilnahm. «Weshalb packt mich das Mädel so an?»

«Er stirbt, das ist's.»

«Wer stirbt? Der alte Maleachi? Wenn es dem alten Manne schlecht geht, werden wir jemand hinunterschicken.»

«Nicht der Grossvater – Barty! Wo ist er selber? Wo ist der Herr?»

Jetzt war Frau Gunliffe in tödlicher Verzweiflung und rief kräftig um Hilfe. Glücklicherweise war Gunliffe, der Vater, zur Stelle und mit ihm ein Mann aus dem benachbarten Dorf.

«Wollt Ihr nicht den Doktor holen lassen?» fragte Mally. «Oh, Mann, Ihr solltet es tun!»

Ob man nach dem Arzt schickte, erfuhr sie nicht, aber wenige Minuten später eilte sie wieder den Feldrain entlang auf den Pfad zu, der in die Bucht führte, und Gunliffe mit dem anderen Mann und seiner Frau folgten ihr.

Jetzt fand Mally die Stimme wieder, denn sie hatte einen schnelleren Schritt als ihre Begleiter, und was für die anderen ein eiliger Lauf war, liess sie wieder ruhiger atmen. Und während sie gingen, versuchte sie, dem Vater zu erklären, was geschehen war, doch sprach sie wenig über das, was sie selbst getan hatte. Die Frau war etwas zurückgeblieben und hörte zu, und ab und zu rief sie aus, man hätte ihren Sohn getötet, und dann wieder stellte sie wilde Fragen, ob er noch am Leben wäre. Der Vater sagte wenig, während er ging. Er war bekannt als ruhiger, vernünftiger Mann, der seines Fleisses und seiner allgemeinen Führung wegen geachtet wurde, von dem man sich aber erzählte, er wäre unnachgiebig und sehr hart, wenn man ihn reizte.

Als sie fast die höchste Stelle des Pfades erreicht hatten, flüsterte der andere Mann ihm etwas zu, und dann drehte er sich nach Mally um und hielt sie an.

«Wenn er durch Euch zu Tode gekommen ist, soll Euer Blut für seins genommen werden», sagte er.

Dann schrie sein Weib auf, ihr Kind wäre ermordet, und Mally, die in die drei Gesichter sah, wusste, dass die Worte ihres Grossvaters wahr geworden waren. Man hatte sie in Verdacht, das Leben genommen zu haben, für dessen Rettung sie fast das eigene hingegeben hätte.

Sie blickte sie scheu an und ging dann, ohne ein Wort

zu sagen, ihnen voran den Pfad hinunter. Was konnte sie antworten, wenn man eine solche Beschuldigung gegen sie erhob? Wenn es ihnen beliebte zu sagen, dass sie ihn in den Kessel hineingestossen und mit ihrem Haken geschlagen hätte, als er im Wasser lag, wie konnte sie zeigen, dass es nicht so war?

Die arme Mally wusste nichts von der Notwendigkeit rechtskräftiger Beweise, und es schien ihr, sie wäre in ihren Händen. Aber als sie den steilen Pfad eiligen Schrittes hinabging – so schnell, dass die anderen zurückblieben –, war ihr Herz voll – sehr voll und sehr hoch. Sie hatte um das Leben des Mannes gekämpft, als ob er ihr Bruder wäre. Das Blut war noch nicht trocken an ihren eigenen Beinen und Armen, wo sie sich, um ihm zu dienen, verletzt hatte. Eine kurze Spanne Zeit war sie überzeugt gewesen, dass sie mit ihm in dem Kessel sterben müsste. Und jetzt sagten die Leute, sie hätte ihn ermordet! Vielleicht war er nicht tot, und was würden seine Worte sein, wenn er je wieder reden konnte? Dann dachte sie an den Augenblick, als sich seine Augen öffneten und er sie zu erkennen schien. Sie fürchtete nichts für sich selbst, denn ihr Herz war hoch. Aber es war auch voll – voller Verachtung, Geringschätzung und Wut.

Als sie unten angekommen waren, blieb sie dicht an der Tür der Hütte stehen und wartete auf sie, damit sie ihr vorangehen konnten zu jener anderen Gruppe, die sich ein wenig entfernt vor ihnen auf dem Sand befand.

«Er ist dort, und der Grossvater ist bei ihm. Geht und schaut ihn euch an», sagte Mally.

Barty Gunliffe lag auf dem Sand dort, wo Mally ihn verlassen hatte, und der alte Maleachi Trenglos hatte

sich über ihn gebeugt und stützte sich schwer auf seinen Stock.

«Kein bisschen hat er sich bewegt, seit sie weggegangen ist», sagte er, «kein bisschen. Ich habe seinen Kopf auf die alte Vorlage gelegt, wie ihr seht, und ich habe es mit einem Tropfen Schnaps versucht, aber er wollte ihn nicht zu sich nehmen – er wollte ihn nicht nehmen.»

«Oh, mein Junge! mein Junge!» rief die Mutter und warf sich neben den Sohn auf den Sand.

«Halt den Mund, Frau», sagte der Vater und kniete langsam neben dem Kopf seines Sohnes nieder, «das Gewimmer hilft ihm nichts.» Dann, nachdem er ein oder zwei Minuten auf das bleiche Gesicht geschaut hatte, sah er Maleachi Trenglos ernst an.

Der alte Mann konnte kaum diesen schrecklichen, forschenden Blick ertragen.

«Er konnte es nicht lassen, herunterzukommen», sagte Maleachi, «er hat es nur sich selbst zuzuschreiben.»

«Wer hat ihn geschlagen?» fragte der Vater.

«Er hat sich selbst geschlagen, als er in die Brandung fiel, wirklich.»

«Lügner!» sagte der Vater und sah zu dem alten Mann auf.

«Sie haben ihn ermordet! – Sie haben ihn ermordet!» kreischte die Mutter.

«Schweig, Frau!» sagte der Mann wieder. «Sie sollen uns Blut um Blut geben.»

Mally, die gegen die Ecke der Hütte lehnte, hörte alles, aber bewegte sich nicht. Ihretwegen konnten sie reden, was sie wollten, einen Mord daraus machen, sie und den Grossvater ins Camelforder Gefängnis schleppen und dann nach Bodmin an den Galgen; eines konnten sie ihr nicht nehmen: das Bewusstsein, ihr Bestes getan zu haben, um ihn zu retten –, ihr Allerbestes. Und sie hatte ihn gerettet.

Sie erinnerte sich, wie sie ihm gedroht hatte, ehe sie zusammen die Felsen hinuntergegangen waren, und an ihren bösen Wunsch. Das waren schlimme Worte gewesen, aber seitdem hatte sie ihr Leben gewagt, um seins zu retten. Sie mochten von ihr reden, was sie wollten, und mit ihr machen, was sie wollten. Sie wusste, was sie wusste.

Dann nahm der Vater den Kopf und die Schultern seines Sohnes in die Arme und rief die anderen, ihm behilflich zu sein, Barty nach dem Pfad zu tragen. Alle zusammen hoben sie ihn vorsichtig und behutsam auf und trugen ihre Last nach jener Stelle zu, wo Mally stand. Sie verharrte bewegungslos, aber beobachtete sie bei ihrer Arbeit, und der alte Mann folgte ihnen und humpelte mit seiner Krücke hinterher.

Als der Zug das Ende der Hütte erreicht hatte, sah sie Bartys Gesicht, das sehr bleich war. Es war jetzt kein Blut mehr auf der Stirn, aber die grosse, klaffende Wunde war deutlich dort zu sehen mit ihrem zackigen Schnitt, und die Haut um sie herum war fahl und bläulich. Sein hellbraunes Haar hing zurück, so wie sie es ihm aus dem Gesicht gestrichen hatte, als die grosse Welle über sie hinweggerollt war. Ach, wie schön war er in Mallys Augen mit diesem blassen Gesicht und dem traurigen Loch auf der Stirn! Sie kehrte ihr Gesicht ab, um ihre Tränen zu verbergen, im übrigen aber stand sie bewegungslos und ohne ein Wort zu sprechen.

Aber jetzt, als sie an der Hütte vorbei waren und ihre Last mühsam weiterschleppten, hörte sie einen Laut, der sie aufrüttelte. Sie raffte sich schnell aus ihrer zurückgelehnten Stellung empor und streckte den Kopf vor, als ob sie lauschen wollte: Dann machte sie eine Bewegung, um ihnen zu folgen. Ja, sie hatten am Ende des Pfades haltgemacht und den Körper wieder auf die Felsen gelegt. Sie hörte den Laut noch einmal, wie ein langes, langes Seufzen, und dann, ohne sich um irgendeinen zu kümmern, rannte sie nach dem Kopf des Verletzten.

«Er ist nicht tot», sagte sie. «Seht, er ist nicht tot.»

Während sie sprach, öffneten sich Bartys Augen, und er schaute um sich.

«Barty, mein Junge, sprich zu mir», sagte die Mutter. Barty kehrte sein Gesicht der Mutter zu, lächelte und blickte dann wild um sich.

«Wie geht es dir, mein Junge?» sagte der Vater. Da drehte Barty wieder sein Gesicht der neuen Stimme zu, und als er das tat, fielen seine Augen auf Mally.

«Mally!» sagte er, «Mally!»

Keiner der Umstehenden bedurfte noch eines weiteren Beweises, um zu wissen, dass nach Bartys eigener Ansicht der Dinge Mally nicht seine Feindin gewesen war; und Mally selbst verlangte nach keinem weiteren Triumph. Dieses Wort hatte sie gerechtfertigt, und sie zog sich nach der Hütte zurück.

«Vater», sagte sie, «Barty ist nicht tot, und ich denke, sie werden nichts weiter davon sagen, dass wir ihn verletzt hätten.»

Der alte Glos schüttelte den Kopf. Er war froh, dass der junge Mann dort nicht seinen Tod gefunden hatte; er wollte das Blut des jungen Mannes nicht, aber er wusste, wie die Leute redeten. Je ärmer einer war, um so sicherer würde die Welt auf ihm herumtrampeln. Mally redete, was sie konnte, um ihn zu trösten, da sie selbst getröstet war.

Sie hätte sich zu dem Gut zurückgeschlichen, wenn sie es gewagt hätte, um zu fragen, wie es Barty ginge. Aber sie hatte nicht den Mut dazu, als sie daran dachte, und so ging sie wieder an die Arbeit und zog den Tang, den sie geborgen hatte, bis zu der Stelle zurück, wo sie am Morgen den Esel beladen würde. Als sie das tat, sah sie Bartys Pony immer noch geduldig unter dem Felsen stehen, und so holte sie ein Bündel Futter und warf es vor das Tier.

Es war dunkel geworden unten in der Bucht, aber sie zog immer noch den Seetang zurück, als sie den Schimmer einer Laterne sah, die sich den Pfad herunterbewegte. Es war ein höchst ungewöhnlicher Anblick, denn Laternen gab es sonst in Maleachis Bucht nicht. Die Laterne kam ziemlich langsam nach unten – viel langsamer, als sie herabzusteigen pflegte, und dann sah sie durch die Dunkelheit die Gestalt eines Mannes, der am unteren Ende des Pfades stand. Sie ging hin und sah, dass es Gunliffe, der Vater, war.

«Ist das Mally?» fragte der Vater.

«Ja, ich bin's, und wie geht es Barty, Herr Gunliffe?»

«Du musst selbst zu ihm kommen, jetzt sofort», sagte der Bauer. «Er will nicht eine Minute schlafen, ehe er dich nicht gesehen hat. Sag, dass du kommen wirst.»

«Natürlich werde ich kommen, wenn man mich braucht», antwortete Mally.

Gunliffe wartete einen Augenblick, weil er glaubte, sie müsse sich zurechtmachen; aber Mally brauchte keine Vorbereitung. Sie triefte von dem Salzwasser des Tangs, den sie herausgezogen hatte, und ihre verworrenen Locken hingen ihr wild vom Kopf; aber so wie sie war, war sie fertig.

«Grossvater ist zu Bett», sagte sie, «und ich kann jetzt gehen, wenn es Euch recht ist.»

Dann drehte sich Gunliffe um und folgte ihr den Pfad hinauf und wunderte sich über das Leben, welches dieses Mädchen führte, so weit weg von all ihren Geschlechtsgenossinnen. Es war jetzt finstere Nacht, und er hatte sie gefunden, wie sie allein an der Grenze der rollenden Wogen in der Dunkelheit arbeitete, während das einzige menschliche Wesen, das ihr Beschützer hätte sein können, schon zu Bett gegangen war.

Als sie oben angekommen waren, fasste Gunliffe sie bei der Hand und führte sie. Sie verstand das nicht, aber machte keinen Versuch, ihm ihre Hand zu entziehen. Er sagte etwas, dass man auf dem Felsboden leicht fallen könne, aber er murmelte es so leise, dass Mally ihn kaum verstand. Es verhielt sich in Wirklichkeit so, dass der Mann wusste, sie hatte das Leben seines Jungen gerettet, und er hatte sie gekränkt, statt ihr zu danken. Jetzt schloss er sie in sein Herz, und da es ihm an Worten fehlte, zeigte er ihr seine Liebe in dieser stummen Art. Er hielt sie bei der Hand, als ob sie ein Kind wäre, und Mally tappte an seiner Seite entlang, ohne Fragen zu stellen.

Als sie am Hoftor waren, blieb er einen Augenblick stehen.

«Mally, mein Mädel», sagte er, «er gibt keine Ruhe, bis er dich gesehen hat, aber du darfst nicht lange bei ihm bleiben, Kind. Der Doktor sagt, er sei schwach und brauche den Schlaf nötig.»

Mally nickte nur mit dem Kopf, und dann betraten sie das Haus. Sie war früher nie darin gewesen und schaute mit staunenden Augen die Einrichtung der grossen Küche an. Durchzuckte sie schon eine Ahnung ihrer zukünftigen Bestimmung? Doch verweilte sie keinen Augenblick hier, sondern folgte in das Schlafzimmer hinauf, wo Barty im Bett seiner Mutter lag.

«Ist es Mally selbst?» sagte die Stimme des schwachen jungen Mannes.

«Ja», antwortete die Mutter, «jetzt kannst du ihr sagen, was du möchtest.»

«Mally», sprach er, «Mally, wenn du nicht wärst, würde ich jetzt nicht leben.»

«Ich werde es ihr niemals vergessen», sagte der Vater und blickte weg. «Ich werde es ihr niemals vergessen.»

«Wir haben keinen weiter ausser ihm», sagte die Mutter, die Schürze vorm Gesicht.

«Mally, jetzt werden wir Freunde sein?» fragte Barty.

Wenn sie für immer Herrin der Bucht geworden wäre, hätte Mally jetzt kein Wort sprechen können. Nicht nur, dass sie die Worte und die Gegenwart der Menschen einschüchterten und ihr die Sprache nahmen, sondern das grosse Bett und der Spiegel und die unerhörten Wunder der Stube liessen sie ihre eigene Nichtigkeit fühlen. Aber sie schlich sich an Bartys Seite und legte ihre Hand auf die seine.

«Ich werde kommen und den Tang holen, Mally; aber es wird alles für dich sein», sagte Barty.

«Das wirst du bleiben lassen, Barty, mein Lieber», sagte die Mutter. «Du wirst nie wieder auch nur in die Nähe des schauderhaften Ortes gehen. Was sollten wir tun, wenn du von uns genommen würdest?»

«Er darf nicht in die Nähe des grossen Loches gehen», sagte Mally, die jetzt endlich mit einer feierlichen Stimme sprach und die Weisheit, die sie für sich selbst behalten hatte, solange Barty ihr Feind war, mitteilte, «besonders nicht, wenn der Wind irgendwie von Norden herkommt.»

«Sie sollte jetzt lieber nach unten gehen», sagte der Vater.

Barty küsste die Hand, die er hielt, und Mally, die ihn dabei ansah, dachte, er gliche einem Engel.

«Du wirst uns morgen wieder besuchen, Mally», sagte er. Sie antwortete nicht darauf, sondern verliess hinter Frau Gunliffe die Stube. Als sie unten in der Küche waren, gab ihr die Mutter Tee und dicke Milch und einen heissen Kuchen – all die Leckereien, die das Gut bieten konnte. Ich weiss nicht, ob sich Mally an diesem Abend viel aus Essen und Trinken machte, aber allmählich ging ihr auf, dass die Gunliffes gute Leute waren – sehr gute Leute. Jedenfalls war es besser so, als des Mordes angeklagt zu sein und ins Camelforder Gefängnis geschleppt zu werden.

«Ich werde es ihr nie vergessen – nie», hatte der Vater gesagt.

Diese Worte verfolgten sie seit dem Augenblick und schienen ihr die ganze Nacht in den Ohren zu klingen. Wie froh war sie jetzt, dass Barty in die Bucht heruntergekommen war – o ja, wie froh! Jetzt war nicht mehr die Rede davon, dass er sterben könnte, und was den Schlag auf seine Stirn betraf, was bedeutete der schon für einen Burschen wie ihn?

«Aber Vater soll mit dir gehen», sagte Frau Gunliffe, als Mally allein nach der Bucht aufbrechen wollte. Doch davon wollte Mally nichts wissen. Sie fand ihren Weg nach der Bucht, ob es nun hell oder dunkel war.

«Mally, du bist jetzt mein Kind, und ich werde so an dich denken», sagte die Mutter, als das Mädchen allein fortging.

Mally dachte auf dem Nachhauseweg auch daran. Wie konnte sie Frau Gunliffes Kind werden, wie nur?

Ich glaube, ich brauche die Geschichte nicht weiter zu erzählen. Dass Mally Frau Gunliffes Kind wurde und wie sie es wurde, wird der Leser verstehen, und im Laufe der Zeit wurden die grosse Küche und all die Wunder des Gutshauses ihr Eigentum. Die Leute sagten, Barty Gunliffe hätte eine Wassernixe aus der See geheiratet; aber ich glaube kaum, dass sie es gern hörte, wenn sie dabei war; und wenn Barty selbst sie eine Wassernixe nannte, blickte sie ihn finster an und schüttelte ihr schwarzes Haar und tat so, als ob sie ihn mit ihren kleinen Händen knuffen wollte.

Der alte Glos wurde den Felsen hinaufgeschafft, und er verbrachte die wenigen verbleibenden Tage seines Lebens unter dem Dach von Herrn Gunliffes Haus; und was die Bucht und das Recht auf Seetang betrifft, so galt das von da an als zu Gunliffes Gut gehörig, und ich wüsste nicht, dass einer der Nachbarn die Absicht hätte, ihm dieses Recht streitig zu machen.